KB260643

윤충선 시집
돌의 꽃

윤충선 시집
돌의 꽃

국립중앙도서관 출판시도서목록(CIP)

돌의 꽃 : 윤충선 시집 / 지은이: 윤충선. — 서울 : 한누리미디어,
2011
  p. ;   cm

ISBN 978-89-7969-412-3 03810 : ₩8000

한국 현대시[韓國 現代詩]

811.7-KDC5
895.715-DDC21   CIP2011005171

윤충선 시집

돌의 꽃

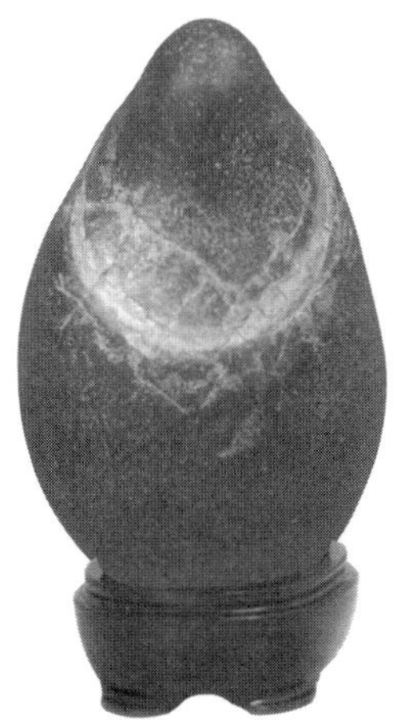

한누리미디어

환희와 희망의 감동

홍윤기

일본 센슈대학교 대학원 국문학과 문학박사(시문학)
국제뇌교육종합대학원대학교 국학과 석좌교수(현재)
한국문인협회 고문/ 국제펜클럽 한국본부 고문(현재)

天人 윤충선 시인은 수석(水石)계의 수석인으로서도 저명한 분이다. 그러기에 이번 시집《돌의 꽃》에서도 그 첫 머리, 제1부는 〈돌의 꽃〉을 비롯하여 〈꽃비〉, 〈햇살〉 등등 16편을 리리시즘의 순수 서정 기법으로 메타포하고 있어서 자못 우리 한국시단에서 주목 받을 것을 기대한다.

'수석의 시인' 하면 이 사람의 은사 박두진 선생이, 평생 돌밭을 누비며 빼어난 수석 재제(材題)의 명시들을 한국시단에 널리 펼치셨다. 그러기에 이 사람도 한때 강변의 돌밭을 누비며 돌을 줍고 시심에 젖어 보았었다.

윤충선 시인은 대표시 〈돌의 꽃〉에서 "물결에 잠긴 노을을/ 돌은 몇 번이고 삼키며 파도를 뒤로 한다"는 고차원의 형상화 작업을 보여 든든한 마음이다.

　수석 시인으로 박두진 시인 외에 전봉건 시인도 명성을 떨친 선배 시인이거니와, 앞으로 윤충선 시인을 비롯하여 한국 수석 시인들의 눈부신 현대 수석시 작업에 기대를 건다.

　윤충선은 시 〈햇살〉에서 "이제야 매화는 꽃망울을 터트린다 / 설레며 기다리는 환상에서 벗어난/ 눈부심이며 탄생이다"(제2연)라는 수석 속에서의 삶에 환희와 희망을 노래하고 있어서 독자를 감동시킨다.

　앞으로 잇대어 수석에 관한 한 명시들을 보여주길 거듭 기대한다.

돌향기 짙은 저녁노을을 보며

어려서부터 마음으로 간직한 희망이었지만 나는 늘 생각하며 얻고자 만행을 하던 중 20년 전 강옥희 선생님의 〈인연의 꽃으로〉란 시가 떠올라 시에 대한 불꽃을 당겨보기로 결심했습니다.

자연의 소리와 시간을 더듬어 그간의 삶의 뒤안길을 더듬어 보고 따스한 솜이불 같은 구름이 지나는 하늘을 그리워도 해보고 사랑이란 울타리를 맴돌아 보기도 합니다.

어느 날 차의 인연으로 양은순 선생님의 시성인 금정산 금어사에서 선생님의 배려로 3년 여에 걸쳐 다도와 시 공부를 하게 돼서 이제 너무나 부족하고 초라하지만 내 이름의 작은 시집(詩集)을 하늘 아래 펴내봅니다. 오랜 세월 수석과도 인연 되어 돌을 사랑하기에 탐석도 열심히 하지만 시 공부도 조심스레 더욱더 열심히 하겠습니다.

그동안 너무나 부족한 나를 시세계로 인도해 주신 양은순

선생님, 강옥희 선생님, 그리고 이 책의 발문을 써 주시며 격려
와 희망을 주신 한국문인협회와 국제펜클럽 한국본부 고문이
신 홍윤기 박사님과 해설을 맡아 주신 한국문인협회 시분과
회장이신 김용오 선생님께 무한한 감사를 드리며, 더불어 온
갖 성과 열을 다 바쳐 이 책을 엮어주신 정준현 선생님께 정중
히 감사의 인사를 드립니다.

　사랑하는 나의 가족, 나를 아껴주신 수석동호인과 모든 지
인들께 삼가 이 책을 바치고 싶습니다.

2011. 12. 1

부산 기장군 일광 동백해변에서
天人 윤 충 선

목차

돌의 꽃

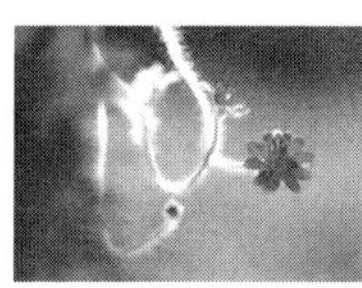

제1부

가을 산사

제2부

목차

바 위 섬

제3부

꽃

제4부

목차

달
빛
아
래
서

제 5 부

제 **1** 부

돌의 꽃

돌의 꽃

세상 어떤 노래가
이토록 너와 날 위해 소곤거릴까
소리없는 고독만 간직한 채
돌피리에 입술을 맞대고
저녁 방파제에 앉아
태초의 말씀을 전해 주는 바윗돌의
노래를 듣는다

물결에 잠긴 노을을
돌은 몇 번이고 삼키며
파도를 뒤로 한다
사랑이 떠난 뒤 남는 아쉬움의 이유
인생이란 파도에 휩쓸리는
물결인가 물어본다
늦도록 섬은 대답이 없다

꽃비

오색 구름 일더니
하늘에서
꽃비가 내린다

하얀 비, 빨간 비, 노란 비, 보라색 비, 파란 비가
꽃잎에
한 방울 두 방울 맺혀서
봄의 향연으로 내려앉는다

햇살

환한 미소의 싱그러움으로
문턱을 넘어서고 있다
가슴 가득히 쌓였던 냉혈이
올올이 녹아내린다

이제야 매화는 꽃망울을 터트린다
설레며 기다리는 환상에서 벗어난
눈부심이며 탄생이다.

새 출발

새봄에는
우리
드넓은 바다 되고
높고 푸른 산 되어
세상을 품고 사는 가슴으로
하늘과 땅에서
웅비의 날개를 펼쳐 보자

새봄에는
우리
따스한 햇살 훈훈한 바람이 되어 보자
새싹 빛깔로 하늘로 뻗어 오른
여름날에 나무의 그늘이 되자
크고 작은 소리 눈 감아 듣고
다툼과 불행이 없는 기도로
모든 사람의 간이역에서 의자가 되어 주자.

사랑의 기억

비 내리는 밤
초라한 추억이 가슴에 아려 온다
마음 속 묻어둔 흔적을
눈물겹도록 삼키고 또 삼켜 본다

하현달처럼
보얗게 닮아 있는 그리움
이 세상 모든 것이었을 시간

유성이 자나간 빈 하늘은
늘 그대로 변함없지만
눈 감으면 아련한 풋사랑

밑도 끝도 없는 한 올 그림자이기에
살가운 정 모두 쏟아부었던
그 시간들이 멀어진다.

봄은 어디에

한 뼘씩 길어지는 햇살
잠에서 깨어나 하늘을 본다
벌은 봄나들이 나서고
군자란은 꽃망울을 흔든다

안개 자욱한 새벽 거리로
질주하는 차들이
개미처럼 분주하게 달린다

아직 풀리지 않는 몸
으스스 털고 다리를 움직여 보는
봄은 어디쯤 왔을까

바람 따라 오시는가
아지랑이 뒤에 숨었는가
버들강아지 가지 끝에 달렸나
조바심은 그림으로 그려진다.

목련은 피었는데

가슴 깊이 묻어둔 사연 하나
꽃잎에 내려놓고
달빛처럼 고운 님은
어느 하늘 아래에서
저 목련꽃을 보고 있을까

꿈이 아닌 기억으로
춘삼월이 오면

몸도 차고 발은 시려도
대문 밖에서 늘 서성이며
동화의 시간들
고목 되어 동그라니 남은 언덕
꽃잎 바람결에 날리면
가슴 뜨겁게 빛바랜 시간 속
추억 또한 휘날린다.

그리움

바람소리가 잠을 깨운다
머언 구름같이
기억의 흔적 피어나는
그리운 꽃향기
모란꽃을 피워내는
대지여

사랑의 봄

이토록
봄 햇살이 따뜻한 것은
우리들 가슴에
뜨거운 태양을 가졌기에……

별빛 이야기

밤 그림자 가지에 달려 있는
영혼의 열매처럼
그리운 하늘의 십자성
별빛은 내 가슴에 내려앉는다.

봄바다

고요한 해조음이
종소리 되어 하늘을 울리고
하늘은 그 소리 벗 삼아
봄 햇살의 향연을 펼친다

새 아침

에덴의 동녘은
설원을 섬광처럼 붉게 물들이고
백발의 세월은
매화꽃 향내음 속에
숨어 피어 있네

차향

숨 죽이던 바다
바람이 초록들을 간질이고
은색 파도가 출렁인다

차꽃의 미소 담아 낸
은은한 차 한잔
메마른 입술로 식기 전에 음미해 보는
신비스런 찻물

경건하게 묵상에 잠기는
차꽃 한 송이

천시

한잔의 차는
경건한 고독을 흔들고
달빛은 휘영청 밝은데
강물은 뱃길내어
바다로 가자 하고

바람은 꽃잎을 잠깨워 흔들어
님을 그립토록 하네

세월

그물에 걸리는
몸이 굵어지는 그리움

세상의 시작과
세상의 끝을 찾아가는
부질없는 화두의 마디
산의 침묵을 깨치고 돋아오르는
초롱초롱한 별의 눈빛
나무에 걸려 있다.

꽃비가 부서져 하늘을 지나
다시 꽃비로 태어나
그대의 땅을 향해 찾아오는 날

제2부

가을 산사

가을 산사

솔밭 사이로
길을 내어주던 햇살

대지의 숨소리
음률에 전해져
코스모스 길 따라 온
여운의 산사

풍경은 천리향 이슬로
새벽 연지의 운무는
연꽃 위에 맺어져
천년향 천년사에 머무네

붉은 노을에 물든 대흥사

고도의 천년 그리움
달마산 노을에 걸려 있네

십리길 단풍꽃
석양 짙은 가을 문턱에
구름 낙엽 되어 강물처럼 흐르네

어머님 품속 같은 세월
따뜻한 태양
또 한 번의 가을을 토해내고 있네

가을 속에 담긴 사랑

햇살 머금은 들녘에
황금빛 억새들이
너울너울 춤을 춘다

살작만 건드려도
금방 터질 것 같은 들국화 꽃대궁이
가을 숨결로 향기롭다

시간이 지나고
바람이 파도를 갈라 세울 때
터질 듯 솟구치는 그리움

품을 수 없는 세월이라
망울이 되어 버린 슬픔을
가을 바람에 실려 보낸다.

9월의 새

몸을 낮추어
그대를 불러본다
따뜻한 그대를 부를 때
빛은 바람을 감고
세상에 내려와
향 깊은 숲의 어미 같은 가슴으로
날 감싸주었다.

추상(秋想)

가을은
그대 흔적을 따라갑니다
마음 깊은 숲길에…

새콤한 석류 향내처럼
옥구슬 진주알 하나, 둘,
잠든 영혼을 깨웁니다

가을비에
떨어지는 꽃잎은
내 누이 눈물같이
대지에 쌓여 고이고

내 마음 강물
바다를 향해
해원의 삶이 칠흑 같은 어둠을 향해
가을은 등 돌린 여인처럼
홀연히 떠나갑니다

가을 바람은

바람이여 바람이여
서산으로 걸어오는 바람이여
찔래꽃 하얀 꽃망울

백학의 날갯짓
하늘을 훨훨 날으며
하얀 하늘에 낙하된 꽃

초가지붕 박넝쿨
주렁주렁 메달려 있네

내 마음 억새와 뒤엉켜
물레에 한 올 한 올 옷 벗는
누에처럼
숨쉬는 미생으로
또 다른
가을을 그리워한다

가을 · 1

누구의 손짓일까?
붉게 타오르는 저 산노을
굽이굽이 살아온
그리고 기도하는
어머님의 등 뒷모습
흰 머리 수양버들처럼 늘어진
갈대의 노래

가을 · 2

그리운 당신은
내 앞에 당당한 모습으로
가을을 몰고 왔습니다

연보라빛 향기 뿜는 얼굴로
머리카락 날리며
물끄러미 나를 응시하며 서 있습니다

보여줄 것 없는 부끄러움에
얼굴만 빨갛게 부풀어 오릅니다

또 다른 모습으로
눈 앞에 서는 성숙한 감정들
잊을 수 없는 풍성했던 가을이
때론 스멀스멀 살아나와
가슴 깊이 뭉게구름을 안겨줍니다.

가을 아침의 기도

이른 아침
이 아침에 기도하게 하소서
만물이 잠든 영혼에서 해어나
부처님
당신이 내게 가까이 오시어
항상 간절히 수행하게 하소서

가을잎 마지막 잎새는 서풍을 타고
온 산야를 붉게 물들게 하였나이다

바람 끝자락에 매달린 유충처럼
물 위에 떠다니는 부평초처럼
난
당신의 공덕을 섬기지 못하나이다
님이시어 부디 중생이 가야 할
대도무문(大道無問)을
일깨워 주소서

가을숲

태풍이 지나간
깊은 산속
나무토막과
낙엽 하나둘 쌓이는 오솔길
기러기 날갯짓이 만든
세월이 지나가는 흔적
거미줄 아래 떨어지는 홍시 하나.

가을 꽃잎

연인의 몸에서
밤새 몸부림쳐진 꽃잎
땅거미에 짓밟혀
떨어져 간 향기의 여운
별들도 하늘도
쉬어 가자며 꽃잎을 달랜다
그리움 물밀듯 밀려오는
연민의 시간
꽃잎은 수줍다.

제3부
바위섬

바위섬

뱃고동이 산을 넘는 시간
파도가 밀려와 모래 속을 파고든다
세월의 무게만큼 낀 이끼
조개껍질과 난파선
바다 속에는
물고기가 새처럼 날아다니며
천 년의 잠을 흔들어 깨운다

연둣빛 찻물

찻잔 속에 하늘이 있고
정처 없이 떠가는 구름 한 조각 보이네
이 마음 실어 가는 차향
새 한 마리가 나를 이끌고
따뜻한 둥지로 데려가네.

월매향

초롱초롱 별빛은
어둠을 비추고
솔향기 짙은 산길
바람소리도 숨죽인 금어사

천리길 나서는 나그네 발걸음
잠시 머물게 하네

선방의 화롯불은
태양처럼 타오르고
돌솥에 끓는 찻물은
방안 가득 향내음 풍긴다.

진홍빛 매화차에
달빛 머금은 사찰 풍경도
어느새 잠이 든다.

비로봉

머나먼 천릿길
임 향기 품고
굽이굽이 돌아왔건만

임의 길은 도량 저 절간의
희방사 풍경소리에

천릿길의 여운을 남긴 채
천심 절벽 고매의 푸름은

소백산 운해 속에 가려져 있네.

구도

잎새에 뒹구는 세월
바위 틈새 솟아흐르는 물보라 보며
낙엽은 둥실 저 바다로
향한다

한 모금 정한수
별빛도, 달빛도

은은한 목탁소리에 산사는 허허로이
구천의 중생을 구하고 싶어
산새 울음 벗삼아
무량수전 도량이 된다

뜬구름

그대에게
하늘을 떼어줄까 하고
하늘로 갔으나
하늘을 만질 수 없고

그대에게
땅을 떼어줄까 하고
산마루에 앉았으나
산을 가질 수 없었다.

햇살

환한 미소의 싱그러움으로
문턱을 넘어서고 있다
가슴 가득히 쌓였던 냉혈이
올올이 녹아 내린다

이제야 매화는 꽃망울을 터트린다
설레며 기다리는 환상에서 벗어난
눈부심이며 탄생이다

돌삿갓

돌 한 점 걸망에 메고
푸른 파도 너머
봉래산이 어디메뇨
돌밭에 누워 하늘을 보니
고향 떠나온 지 몇 해든가
하늘은 한없이 맑고
푸르디 푸르건만……

돌

돌밭 속
경전을 찾아
깨달음으로 이르느니

말 없는 돌이라고
세상 사람 비웃지 마오

돌 속에
눈물도 있고
생각도 있고

오묘한 선의 경지 있어
선문선답이라 하오

하여
돌 속의 꽃을 보셨나요?

돌피리

세상 어떤 노래가
이토록
너와 날 위해
소곤거릴까
소리없는 고독만 간직한 채
돌피리에
입술을
맞대는 이여……

우주

우주의 뜨락을
붉은 장미로 채워
은은한 향기
달빛에 걸어두고 싶다
마음의 고요
가득 담긴 밤
사랑도 진리도 우리 가슴밭엔
아직 농부가 되지 못해
씨앗을 일구지 못하는구나
땅은 스스로 자진해서
뜻을 이루고
태양은 목마른 중생을
단비로 적신다
자연이 살아있음을 보며

구름

구름은
그대 그늘에 묻힌 시간 아쉬워
은은한 여운 싣고 살포시 떠간다
간절한 바람
밀알 같은 사랑의 말은
사랑의 속삭임들
밤하늘에 펼쳐진
별들의 향연을 보면서

연민

산은
할 말 모두 잊고
눈웃음만 짓는 말 없는 그리움
그래서 더욱 정겨운 모습
세상 달빛에 걸려 못 오나 기다린 님
그림자만 바람에 스치니
비에 젖은 은행잎
잎새 떨림이 이슬비에 젖어든다.

파도소리

구름이 오는 길에
마음의 파도소리
바위에 철썩 부딪쳐
하얀 물안개로 피어난다
물방울 포효하는
세월 흐름 속에
달빛은 갈대잎에
사뿐히 내려 앉는다.

돌향기

하늘빛을 받아
영겁을 달리하는
먼 시간 속에서
수정처럼 고운 빛깔
빚어내는 돌님
숨소리조차 고르며
세월 따라 거니는
님의 뒤안길을
내주시던 돌향기여

제4부

꽃

인연

꿈속에 너를 만나
안개 자욱한 길을 걷고 싶다
그동안 아픈 만큼 시름 달래며

반딧불 빛 따라
연민의 진리 한 소절을
소리내어 읊고 싶다

간혹 메아리 없는
무색의 어둠일지라도
빈 가슴 푸르게 묻어두고 싶다.

꽃

김소월의 꽃을 보았나요?
김영랑의 꽃을 보았나요?
윤동주의 꽃을 보았나요?
이용악의 꽃을 보았나요?
서정주의 꽃을 보았나요?

달밤에
애끓는 마음으로
불화산이 폭발한 것을 보았나요?

세월

그물에 걸리는
몸이 굵어지는 그리움

세상의 시작과
세상의 끝을 찾아가는
부질없는 화두의 마디

산의 침묵을 깨치고 돋아오르는
초롱초롱한 별의 눈빛
나무에 걸려 있다.

꽃비가 부서져 하늘을 지나
다시 꽃비로 태어나
그대의 땅을 향해 찾아오는 날

하늘로부터 부르는 이름

씨앗이 움트는
흙의 포근함을 사랑했네
바람이런가
구름 속인가

어질게 다듬어진 생명은
끝없이 당신을 그리며

노래하는 나는
땅속의 작은 애벌레이어라

자연에서

부르지도 않은 내 영혼은
누가 말하겠는가

말하지도 않은 내 말을
누가 말하겠는가

그렇게 그렇게 오고가는
마음인 걸

그 누가 오라 가라 하겠는가
자연은 스스로가
오고 가는 것인데

홀로 있을 때

뱃고동소리가 울린다
역사는 새 매듭을 묶고
새로운 세대와 시작된다

어떤 사람은 허허 웃고
어떤 사람은 슬피 운다
멈추지 못하는 흐름으로

성장과 소멸의 무대 위를
오색창연하게
추억과 망각에 교차한다

아직은 끝나지 않았는데
또 다른 시작이 움트고 있는
세월의 뒤안길.

인생

봄은 초대하지도 않았는데
스스로 찾아오고
개울물은 이별의 손수건을
건네지도 않았는데
떠나가네
어히 세상사
떠나고
오는 게
어디 이것뿐이던가

천년의 사랑

낡은 햇살 뒤로 하고
하늘 아래 무너진 바람 맞으며
푸른 옷 향기 품어 오신 님

천만 년 넓은 해원의 소리
자유로운 들녘에 울림 되어
하얀 세상 가르는 아름다운
님이시여……

어느 존재

처절한 고통이 녹아
사랑 되어 꽃 피는

끝없는 떨림 속에
아름다워지는 이름 하나
파괴와 발전의 사이에서
포기할 수 없는
완성의 몸짓

미세한 벌레라도
없어서는 안 되는 질서이기에
연결된 고리를 벗어나지 못하고
또 하루 붉은 노을을 삼킨다

시작되는 아침

밝음이
지옥과 천국을 오가는 의식 속
맑은 물 한 잔 떠서 기도 울리고
곱디 고운 아이의 첫걸음
벽에 핀 연분홍 나팔꽃
햇살을 향해 꽃잎 피어날 때
이 아침 문을 열고 싶다

교정

떠나는 마음
남은 이 기다리소서
누구의 소리였습니까.

교정의 무성한 함성소리
나뭇잎에 돌에
추억의 이끼 속에 쌓여 있네.

그리움 못이겨
한 장의 추억 담으며
모여든 우리 교우여

선배님 길 밟으며
우리를 인도하시고
동래고의 빛나는 별이 되어
백 년 천 년 비추어 주소서

제5부

달빛 아래서

달빛 아래서

빈 수레 끌고 가는 와우산이여
달빛 찻잔 고이 내려앉아
은하수 별빛 실어 가는 구름 배

임 향한 소리
음률 풍경 울릴 때
조각 구름 우는 파도
하늘 너머 찰랑찰랑 물결만
찻잔에 눈물 고이네.

무언

창공을 빛도 없이
높이 오르고
넓음으로 내리는
자유로움에
담아보고 싶은 가슴앓이
넋두리 공허한 소리여

동백꽃

꽃잎이 고개를 들고
푸른 잎 가냘픈 목을 내민다

태양빛 붉은 꽃망울
어미의 젖꼭지 모양으로

내 채워지지 않은 영혼의 그릇 안에서
너는 붉은 입술로 되살아나는 언어
지난 날 내 삶의
뒤안길을 더듬게 한다

달빛 차

긴 밤
잠 못 이룰 때
내 벗이
누구던가
차 한 잔에 중정(中正)의 도(道)가
달빛 아래
그윽하네

길

산사의 풍경 소리
은은하게 산하를 울리는데
새벽 물소리가
정적을 깨운다.

나의 살갗을 바람의 칼날로 베어 간 세월
세속에 흐르는 시간의 화음이
가야금 열두 줄에 실려 향처럼 피어나고 있다

오늘도 끝없는 수행의 진언
나는 나를 위해
뼈를 깎아 내어준다

삶

영혼이 아름다운 이는
음악을 사랑하고

마음이 아름다운 이는
시를 사랑하느니……

사람을 사랑하는 이는
아름다운 삶을 살아가느리라

일지암

경건한 마음으로
대흥사 일지암에서
차 한 잔 올리나이다

지장문 열고 오시는
동백의 바람 소리
초의선사 옛 혼백
가을 바람에 잠시 머물다 가게 하소서

지난날의 戀歌

지난 나의 길 가던
이곳 청량리
하얀 운무 같은 세월
이제 저 산 넘어
먼 이야기 속으로 가 버린
나의 시간들 코 흘리며 신문 팔며
역전을 오가며 배고픔을 움켜잡고 시름한
나의 옛 동료들은
지금은 어느 하늘 땅의 인연으로 살고 있는지
이곳 청량리 지하철에서 불러보노라
천성아, 재철아, 정규야, 원손이형
이제는 하늘에서 듣고 있을 평화형
그리고 씨티 대선배이신 차순찬이형, 신성형
독도는 우리땅 부르신 정광태 형님
그 시절 한국 어린이재단 후원회 회장님이신 전원일기 가족
여러분, 서울이여 최불암 선생님 이곳에서 소리 없는 무언으
로 사랑합니다
하늘에 올리는 천인 기도 사랑하는 나의 서울이여

저녁 해변에서

저녁 방파제에 앉아
태초의 말씀을 전해 주는 바윗돌과
물결에 잠긴 노을을
몇 번인가 삼키는
파도를 뒤로 하며
사랑이 떠난 뒤 남는 아쉬움의 이유
인생이란 파도에 휩쓸리는
물결인가 물어본다
늦도록 섬은 대답이 없다

시와 돌 그리고 차향

김용오
(시인, 한국문인협회 시분과 회장)

세상에서 가끔 글의 내용과 사람이 전혀 다른 경우가 있어 무척 실망하는 반면에 그 인품이 글과 서로 잘 어울리는 보기 좋은 경우가 있는데 아무래도 윤충선 시인은 그 후자에 속한다고 말해야 할 것 같다.

말을 하자면 그의 시에서는 평소 외적 인상에서 풍기는 성실성이나 소박함, 즉 삶의 진정성이 물감처럼 똑같이 묻어 있기 때문이다. 뿐만 아니라 요즘 현대시에서 자주 불편하게 만나게 되는 지나친 기교성과 현란한 말솜씨보다는 맑고 투명하며 전혀 꾸밈이 없는 한시풍의 시적 특성을 잘 보여주고 있기 때문이다.

그것도 〈돌〉과 〈차향〉이 시와 함께 어우러져 3중주의 시적 효과를 내고 있어 읽는 이로 하여금 마음을 아주 따사롭게 감싸주고 있으며, 그의 작품세계를 구체적으로 밝혀줄 수 있는 3

가지 키워드(key word)의 역할을 충분히 하고 있음으로 해서 하는 말이다.

따라서 그 첫 번째 시적 특징으로는 우선 무엇보다 전혀 꾸밈이나 억지스러움이 없는 자연스러움에 있지 않나 싶다.

부르지도 않은 내 영혼은
누가 말하겠는가

말하지도 않은 내 말을
누가 말하겠는가

그렇게 그렇게 오고가는
마음인 걸

그 누가 오라 가라 하겠는가
자연은 스스로가
오고 가는 것인데

— 〈자연에서〉 전문

그는 우주의 삼라만상에서 일어나는 모든 일, 즉 시간과 공간뿐만 아니라 인간의 내면세계까지 '자연 스스로' 하는 것이라고 쓰고 있다.

어떻게 보면 고도로 발전한 현대의 물질문명에 빠져 살고 있는 우리들에게 거짓으로 꾸민 인공성과 가공적인 것이 없는 무위자연의 세계가 어떠한 것인가를 보여주려 하고 있는지 모른다.

그리고 그 두 번째 시적 특징으로 보이는 〈돌〉, 다시 말해 구체적인 사물인 돌을 대상으로 하여 그는 그가 그동안 세상을 살면서 오랫동안 방황하고 추구해 온 것이 진정 무엇인가를 우리들에게 좀 더 분명하게 한 번 더 보여주려 하고 있다.

돌밭 속
경전을 찾아
깨달음으로 이르느니

말 없는 돌이라고
세상 사람 비웃지 마오

돌 속에
눈물도 있고
생각도 있고

오묘한 선의 경지 있어
선문선답이라 하오

하여
돌 속의 꽃을 보셨나요?

— 〈돌〉 전문

그는 돌밭을 경전으로 읽어내면서 견성을 찾아 수행하는 선사적인 포즈를 취하고는 잠에서 깨어나지 못하고 있는 뭇 중생들에게 어깨를 내리치는 죽비처럼 큰 침묵의 소리로 일갈하고 있다.

무상한 세월의 물결로 인해 자연스럽게 그려진 문양들, 그 깨달음의 만다라를 읽을 수 있느냐고 하면서 말이다.

그러면서 그는 마치 노동에 몹시 지친 피곤한 몸을 이끌고 집으로 돌아온 사람처럼 세 번째 그의 시적 특징이라고 할 수 있는 〈찻물〉 끓는 소리에 심신을 달래고는 크나큰 평화로움에 빠져 알 수 없는 어딘가로 훨훨 떠나는 걸림 없는 자유를 우리들 모두에게 보여주고 있다.

찻잔 속에 하늘이 있고
정처 없이 떠가는 구름 한 조각 보이네
이 마음 실어 가는 차향
새 한 마리가 나를 이끌고
따뜻한 둥지로 데려가네.

— 〈연둣빛 찻물〉 전문

그 찻물은 단순한 물이 아니다. 하늘과 구름과 마음이 있고 또한 그 차향이 한 마리 아름다운 새가 되어 그를 데리고 가는 소중하고 귀한 존재로 탈바꿈하는 사물이다. 하긴 누구를 막론하고 한 번쯤은 마시고 싶은 고요한 연둣빛이 아니겠는가.

사실 이제까지는 〈돌〉과 〈차향〉이라는 구체적인 사물을 통

하여 그의 작품세계를 살펴보았지만 좀 더 큰 틀에서 들여다
보면 이번 시집 속의 그의 시들은 거의가 다 동양사상을 녹여
낸 시들이라고 해도 그리 틀린 결론은 아닐 것 같다.

예를들어 이야기를 하자면 어떤 작품에서는 유교의 선비사
상이 또 어떤 작품에서는 불교의 구도사상 그리고 어떤 작품
에서는 노장의 무위자연이 나란히 어깨동무를 하고 있을 만큼
서로서로 육화되어 있다는 뜻이다.

그리고 그는 〈어느 존재〉에서 "미세한 벌레라도/ 없어서는
안 되는 질서이기에/ 연결된 고리를 벗어나지 못하고/ 또 하루
노을을 삼킨다"라고 할 만큼 자연주의적 삶을 의식적으로 살
고 있으며 자비를 아는 사랑의 시인이다.

어디 그뿐인가. 돌에서 시를 읽고 차향에서 시의 맛을 우려
내는 깨달음의 시인 즉 〈시〉와 〈돌〉 그리고 〈차향〉이라는 삼위
일체의 시인이다.

아마 누가 그에게 다가가서 한 가지 하기도 힘든 세상에 어
떻게 그렇게 세 가지를 다 잘하느냐고 묻는다면 그는 그냥 좋
아서 하는 일에 구태여 이유를 단다는 것은 무의미하다고 하
든지 아니면 아무 말 없이 한 번쯤 빙그레 웃고 말 것이다.

결국 그것이 그가 우리에게 보여주고 싶은 자신의 진실한
모습, 시인으로서의 텅 빈 충만, 바로 그 무엇이다.

윤충선 시집

돌의 꽃

·

지은이 / 윤충선
엮은이 / 정준현
펴낸이 / 김재엽
펴낸곳 / **한누리미디어**
디자인 / 지선숙

·

121-840, 서울시 마포구 서교동 395-13 서원빌딩 2층
전화 / (02)379-4514, 379-4519
Fax / (02)379-4516
E-mail/hannury2003@hanmail.net

·

신고번호 / 제300-2006-61호
등록일 / 1993. 11. 4

·

초판발행일 / 2011년 12월 5일

ⓒ 2011 윤충선 Printed in KOREA

값 8,000원

※잘못된 책은 바꿔드립니다.

·

ISBN 978-89-7969-412-3   03810